Het geheim van het Kruitpaleis

PSSST! *Kun jij een geheim bewaren?*

LEES OOK:

Het geheim van Zwartoog – Rindert Kromhout
Het geheim van de boomhut – Yvonne Kroonenberg
Het geheim van het verdronken dorp – Tomas Ross
Het geheim van de snoepfabriek – Selma Noort
Het geheim van het kasteel – Chris Bos
Het geheim van de raadselbriefjes – Rindert Kromhout & Pleun Nijhof (winnares schrijfwedstrijd 2003)
Het geheim van het donkere bos – Rindert Kromhout, Chris Bos, Martine Letterie, Tomas Ross
Het geheim van de roofridder – Martine Letterie
Het geheim van Anna's dagboek – Tamara Bos
Het geheim van het spookhuis – Selma Noort & Rosa Bosma (winnares schrijfwedstrijd 2004) (mei 2004)
Het geheim van de verdwenen muntjes – Rindert Kromhout (mei 2004)

KIJK OOK OP:

www.geheimvan.nl

Hans Kuyper

Het geheim van
het Kruitpaleis

Met tekeningen van Saskia Halfmouw

LEOPOLD / AMSTERDAM

Wil je meer weten over de boeken van Hans Kuyper?
www.hanskuyper.nl

NEDERLANDSE
KINDERJURY
2005

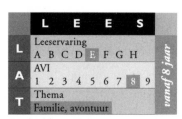

Toegekend door KPC Groep te 's-Hertogenbosch.

Eerste druk 2004

© 2004 tekst: Hans Kuyper

© Omslag en illustraties: Saskia Halfmouw

Omslagontwerp: Rob Galema

Uitgeverij Leopold, Amsterdam, www.leopold.nl

ISBN 90 258 4263 1 / NUR 282

Inhoud

Wasbeer

'Kom,' fluistert de jongen.

Hij duwt een paar takken met scherpe stekels opzij. Zo krijgt het meisje geen schrammen in haar gezicht.

'Weet je zeker dat er niemand is?' vraagt ze angstig.

'Hier komt nooit een mens, echt niet. De schuur wordt niet meer gebruikt.'

'En de bewakers dan?'

'Die staan bij het hek, en bij de bunkers waar het kruit in ligt. Ze komen hier niet. Iedereen is deze plek vergeten. Geloof me nou maar.'

Het meisje haalt diep adem en stapt tussen de struiken door.

'Wat vind je?' vraagt de jongen.

Het meisje kijkt naar het kleine schuurtje met de ijzeren pilaren. De ramen zijn vies, maar heel. En het dak is begroeid met mos en gras, maar er zitten geen gaten in.

'Het is prachtig,' zegt het meisje. 'Het lijkt wel een paleisje. Een kabouterpaleis.'

'Ons paleis,' zegt de jongen. 'Ga maar naar binnen, de deur is niet op slot.'

Binnen ruikt het naar natte kranten. Er zijn alleen een paar kistjes om op te zitten, verder niets.

'Volgende keer neem ik een radiootje mee,' zegt de jongen.

Het meisje zwijgt. Ze luistert naar het gedreun van de

machines in de grote hallen verderop. Ze hoort de stoomfluiten van de schepen op het kanaal. En heel af en toe klinkt het gekwetter van een enkele vogel die verdwaald is op het enorme fabrieksterrein.

Het is raar om hier te zitten, denkt het meisje, terwijl vlakbij duizenden mensen aan het werk zijn. Mensen die bommen en kogels maken voor het leger, en handgranaten en landmijnen. Het is vreemd om hier verliefd te zitten wezen...

De jongen schuift zijn kistje wat dichter naar het meisje toe. Als hij haar hand pakt, glimlacht ze.

'Waarom lach je, Eekhoorn?'

'Om jou, met je rare ideeën altijd,' zegt het meisje.

'Wat nou raar?' roept de jongen uit. 'Het is toch juist perfect? Niemand ziet ons hier. Mijn ouders niet, de bewakers niet... Het is onze geheime plek. Hier kunnen we samen zijn zo vaak we willen.'

Het meisje kijkt verschrikt op.

'Stil!' sist ze. 'Ik hoor iemand.'

De jongen sluipt naar een raam en gluurt voorzichtig over de vensterbank. Over het klinkerpad, een paar meter verderop, loopt een man met een grote pet op. Hij voert een hond mee, aan een lijn.

'Een bewaker!' sist de jongen.

'En je zei dat hier nooit iemand...'

'Sst! Hij mag ons niet horen.'

Ze houden allebei hun adem in. De bewaker kijkt onderzoekend rond, maar blijft niet staan. Even later verdwijnt hij tussen de bomen.

'Ik vind het eng,' zegt het meisje.

'Welnee,' zegt de jongen. Hij komt overeind, loopt terug en schuift zijn kistje nog iets dichter bij het hare. Als hij gaat zitten, geeft hij haar een snelle kus. Ze giechelt.

'Kijk,' zegt hij. 'Hier is een opschrijfboekje, met een pen erbij. We komen hier gewoon zo vaak als we kunnen, en als de ander er dan niet is, laten we briefjes achter. Ik stop alles in dit blikje, zie je wel?'

'Gekke Wasbeer,' zegt het meisje met een glimlach, en ze slaat haar armen om hem heen.

Zo blijven ze zitten, de jongen en het meisje, in het oude schuurtje aan de rand van de grote kruitfabriek.

En zo zullen ze nog vaak zitten, ook als ze groter worden. Totdat ze zo oud zijn dat ze geen jongen en meisje meer zijn, maar een man en een vrouw. Dan vertrekken ze en laten het schuurtje alleen achter.

De mannen in de fabriekshallen verdwijnen ook, het kruit wordt uit de loodsen gehaald. Er wordt niet meer gewerkt op het terrein. Er worden geen bommen en kogels meer gemaakt. Op andere plaatsen in de wereld nog wel, op heel veel plaatsen zelfs, maar hier niet meer. De wind waait door de lege hallen en over de machines groeit klimop.

Ten slotte wordt het terrein van de oude kruitfabriek een woest bos met hier en daar een grote, vervallen schuur erin. Er komt haast nooit meer iemand en overal vliegen vogels. Op mooie zomeravonden is hun gezang soms oorverdovend.

Alleen de bewaker is gebleven. Die loopt nog steeds zijn ronde over de klinkerpaadjes. Maar bij het vervallen schuurtje met de ijzeren pilaren kijkt hij niet.

Daar komt nooit iemand, dat weet hij wel.

De klok

'Leuk toch?' zegt papa. 'Het is vakantie en jullie gaan naar opa. Lekker logeren. Goed hè?'

Papa rijdt langzaam, veel langzamer dan anders. Hij klemt zijn handen zo stevig om het stuur dat de knokkels wit worden. En in het spiegeltje ziet Merel zijn ogen zenuwachtig heen en weer schieten.

Vanaf de achterbank glimlacht ze zo vrolijk mogelijk terug. Dan kijkt ze opzij naar Melle, die stil zit te staren naar de stoel voor zich. De stoel waar mama altijd op zit. Maar mama is er niet...

'Hoe lang blijven we bij opa?' vraagt Merel.

'Weet ik veel!' brult papa opeens. 'Zo lang als nodig is. Een paar uur of tien jaar. Daar ga ik niet over.'

Weer zoeken zijn ogen in het spiegeltje naar Merel.

'Sorry, lieverd,' zegt hij. 'Ik heb geen idee. Vast niet heel lang.'

Melle haalt zijn gameboy tevoorschijn en zet de koptelefoon op zijn hoofd. Binnen de kortste keren is hij verdiept in het spel.

Merel kijkt uit het raam naar de andere auto's op de drukke weg. Ze rijden nu over een hoge brug boven een rivier. Op de leuning staat een kunstwerk van glas dat een beetje op een rode bloem lijkt. Het zonlicht valt er prachtig doorheen.

'Daar woont opa,' zegt papa.

'In die bloem?'

Papa lacht zowaar even.

'Nee sukkeltje, daar beneden. Aan de rivier.'

Het duurt maar een paar minuten, dan parkeert papa de auto voor een groot huis.

'Herken je het?' vraagt hij. 'Vast niet, je was nog zo klein toen je hier voor het laatst was.'

Merel stoot Melle aan.

'We zijn er!' gilt ze.

Maar haar broer haalt zijn schouders op en speelt verder.

Papa stapt uit en opent het achterportier. Merel springt op de stoep. Melle blijft op zijn plaats.

'Kom je?' vraagt papa. Als er geen antwoord komt, gooit papa het portier weer dicht en geeft Merel een hand.

'Kijk, daar heb je opa al,' zegt hij.

Merel herkent opa natuurlijk wél. Die heeft ze vorige week nog gezien, toen Melle en zij negen werden. Merel slikt als ze daaraan terugdenkt. Het was helemaal geen leuke verjaardag... Ze schudt de gedachte snel van zich af.

'Je moet maar erg lief zijn voor opa,' zegt papa als ze het tuinpad oplopen. 'Hij is geen kinderen in huis gewend. Denk je daar een beetje aan?'

Merel knikt. Ze is van plan heel lief te zijn. Misschien is alles dan snel weer gewoon en mogen ze terug naar huis.

'Zo, daar zijn jullie,' zegt opa. 'En waar is Melle?'

'Die zit te mokken in de auto,' zegt papa. 'Ik haal hem straks wel.'

'Wil je koffie, jongen?'

'Nee,' zegt papa. 'Ik laad de spullen uit en dan vertrek ik weer. Dankjewel voor het aanbod.'

'Maar jij wilt vast wel een glaasje ranja,' zegt opa tegen Merel. 'Zo'n lange autorit...'

Merel knikt. Samen met opa loopt ze het huis in. Binnen is het ruim en koel. Er liggen gele en zwarte tegeltjes op de vloer van de gang en er loopt een brede, donkerbruine trap naar boven. Aan de muur hangt een zwarte, ouderwetse telefoon. Opa doet een deur open en duwt

Merel de huiskamer in. Zelf verdwijnt hij door een andere deur.

De huiskamer is donker, hoewel er grote ramen zijn. De meubels zijn groen en bruin en tegen de lange wand staat een enorme klok met een gouden slinger. Er staan engeltjes bovenop en een mannetje met een wereldbol op zijn nek.

Dat zal niet meevallen, denkt Merel, rondlopen met de hele wereld op je nek...

Ze loopt door naar het raam aan de voorkant en klimt op de bank. Ze kan de rivier zien en papa's auto. De tassen zijn al uit de kofferbak en Melle is ook uitgestapt. Hij

speelt nog steeds, maar de koptelefoon is van zijn hoofd. Papa staat met grote gebaren tegen hem te praten. Merel hoort er niets van, maar ze ziet dat hij heel kwaad is. Ten slotte grijpt papa de tassen, klemt ze onder zijn arm en duwt Melle voor zich uit het tuinpad op.

Opa komt binnen met een glaasje oranje limonade en een koekje op een schoteltje.

'Ga maar aan de tafel zitten,' zegt hij. 'En niet kruimelen, denk erom.'

Gehoorzaam loopt Merel naar de eettafel bij het achterraam. Het koekje is kaal, ziet ze, zonder suiker of chocola. En de limonade ruikt muf.

Papa is met Melle in de gang.

'En nou leg je dat ding weg en je bent een beetje beleefd, begrepen?' hoort Merel hem roepen. 'Dit is voor niemand leuk, maar het kan niet anders. Probeer een beetje mee te werken.'

Melle stapt de kamer binnen en gaat naast Merel aan tafel zitten. Papa komt achter hem aan.

'Moet ik de tassen even naar boven brengen?' vraagt hij.

'Dat komt wel goed,' zegt opa. 'Ga jij maar gauw terug. En wees een beetje voorzichtig. Op de weg, maar vooral ook thuis.'

Papa opent zijn mond om antwoord te geven, maar hij zegt niets. Hij geeft Merel en Melle allebei een kus bovenop hun hoofd en draait zich om.

'Ik bel,' zegt hij terwijl hij wegloopt. 'We bellen.'

Opa laat papa uit en loopt dan weer naar de keuken. Merel en Melle zitten zwijgend naast elkaar.

'Het is een groot huis,' zegt Merel na een tijdje. Het is een domme opmerking, dat weet ze wel. Maar die stilte is zo naar! Het is net of de stilte op haar schouders drukt. Ze kijkt weer naar het gouden mannetje boven op de klok. Als hij het kon, zou hij vast naar haar glimlachen.

'Ja,' zegt Melle. 'Enorm.'

'Er zijn misschien spannende kamers enzo,' gaat Merel verder. Het lucht haar op om te praten, merkt ze. En het maakt niet uit wat ze precies zegt.

'Misschien is er wel een kelder, een oude kelder met wijnflessen erin.'

'Wat moet jij met wijn?' bromt Melle.

Nou niks, denkt Merel. Ze friemelt aan de franje van het tafelkleed.

'Allemaal opdrinken,' zegt ze.

Melle lacht hard.

'Zeg, hou je gemak,' zegt opa terwijl hij binnenkomt. 'Je bent hier niet in de ballenbak.'

De ballenbak? denkt Merel. De ballenbak is voor kleintjes!

'We zijn al negen hoor,' zegt ze.

'Oud genoeg om je te gedragen,' bromt opa. Hij zet ook een glas limonade voor Melle neer. Het koekje legt hij ernaast, op een schoteltje.

Ze eten en drinken zwijgend. Het hele huis is doodstil. Náár stil. Alleen de gouden klok tikt maar door.

Tiktaktik, alles gaat voorbij, zegt de klok. Tiktaktik, je weet alleen niet wanneer.

Het hek

Achter opa's huis is een tuin. Een saaie tuin met een piepklein grasveld en wat struiken.

'Hier kunnen we niks,' zegt Melle. 'Niet eens voetballen.'

'Gelukkig niet,' zegt Merel. Ze houdt niet van voetballen.

'Maar daar achter is een bos,' zegt Melle.

Hij wijst naar het eind van de tuin. Er steken hoge, oude bomen boven de struiken uit. Hun bladeren vormen een machtige, groene muur.

'Zullen we kijken of we daar in kunnen komen?' vraagt Melle.

Merel knikt. Samen lopen ze naar het eind van de tuin. Ver is het niet.

'We kunnen zo door die struiken heen,' zegt Melle. 'Kom mee!'

'Maar opa zit in de kamer,' zegt Merel.

Melle kijkt om.

'Ik zie hem niet,' zegt hij. 'En we mogen toch wel een beetje rondkijken?'

Merel en Melle banen zich een weg door de struiken. Maar al na een paar meter staan ze stil. Vlak voor de eerste bomen van het bos staat een hek, een hek van stevig ijzerdraad dat hoog boven hen uit torent. En langs de bovenrand zijn ook nog eens drie rijen prikkeldraad gespannen.

'Nou, dat was het dan,' zegt Melle.

Merel kijkt naar links en rechts langs het hek, maar nergens is een poort of gat te bekennen.

'Het is vast een heel bijzonder bos,' zegt ze. 'Anders hoefde er niet zo'n groot hek omheen.'

'Misschien wonen er wilde beesten die er niet uit mogen,' zegt Melle.

'Of rovers en moordenaars,' fluistert Merel met grote ogen. 'Misschien staat er wel een gevangenis!'

'Merel en Melle, waar zitten jullie?' roept opa vanuit het huis. 'Het eten staat op tafel.'

'We komen!' roept Merel.

Snel kruipen ze terug door de struiken. Opa staat op hen te wachten in de keukendeur. Hij kijkt argwanend, maar hij vraagt niet wat ze daar tussen de struiken uitgevoerd hebben.

'Het is geen grote tuin,' zegt hij. 'Maar ik heb misschien nog wel wat spulletjes van jullie vader om mee te spelen. Was eerst je handen en kom dan aan tafel.'

Opa heeft gekookt. Dat is gek, want het is gewoon midden op de dag. Thuis eten ze dan altijd een boterham. Maar nu staan er karbonaadjes op tafel, en sperziebonen met gebakken spekjes erdoor.

'Zoals oma het altijd maakte,' zegt opa. 'Weten jullie nog hoe oma eruitzag?'

'Nee,' zegt Melle. Hij zit met een vies gezicht naar zijn bord te staren.

Merel snijdt een stukje van haar karbonade af en proeft voorzichtig. Het smaakt best lekker.

'Jullie waren ook nog heel klein,' zegt opa. 'Nog niet eens twee jaar. Ik zie jullie nog voor me, op de begraafplaats. Allebei dik ingepakt in dat dubbele kinderwagentje. Het was koud, weet je. Het vroor zelfs, geloof ik. En oma hield daar helemaal niet van. Die was juist dol op de zomer.'

'Ze was ziek, hè?' vraagt Merel met volle mond.

'Erg ziek,' zegt opa.

'Je vond het zeker heel naar dat ze doodging?' vraagt Merel.

Ze heeft haar liefste stemmetje opgezet. Dat moet, want ze heeft beloofd heel lief te zijn voor opa.

'Natuurlijk,' zegt opa. 'We hadden het zo fijn samen. Nooit ruzie...'

Opa zwijgt opeens. Merel weet ook niet zo goed wat ze moet zeggen.

Melle heeft een spekje aan zijn vork geprikt en likt eraan.

'Kunnen jullie niet fatsoenlijk eten?' vraagt opa streng. 'Brengen ze jullie thuis geen manieren bij?'

'Nee,' zegt Melle. 'Ze hebben het te druk met schreeuwen naar elkaar.'

Hij steekt het spekje in zijn mond en spuugt het meteen weer uit.

'Getver!' roept hij.

'Zo is het genoeg!' brult opa. 'Naar boven, naar je kamer. Nu meteen!'

Melle staat op en loopt naar de gang. Hij haalt de gameboy uit zijn jaszak en beklimt spelend de trap.

'Doe de deur dicht!' roept opa. 'Je bent toch niet in de kerk geboren?'

Nee, in het ziekenhuis, denkt Merel.

Melle komt niet terug. Van boven klinken nog wat voetstappen en dan het gekraak en gepiep van een oud bed.

'Ongelooflijk,' moppert opa.

'Ik heb eigenlijk ook geen honger meer,' zegt Merel voorzichtig.

'Trék,' zegt opa. 'Je hebt geen trek meer. Dat bedoel je. Honger is heel iets anders. Jullie weten helemaal niet wat honger ís.'

Opa steekt een paar bonen in zijn mond en begint smakkend te kauwen.

De klok tikt. Buiten, op de rivier, vaart een lange, grijze boot. Er zitten allemaal slangen en kranen aan. Daar zit vast gas in, denkt Merel, of benzine. Misschien ontploft hij straks wel. Dan is alles weg.

'Mag ik van tafel?' vraagt ze.

Opa antwoordt niet. Hij kijkt haar niet eens aan. Merel voelt dat ze gaat huilen. Ze staat op en loopt de gang in. Zachtjes sluit ze de kamerdeur achter zich.

Ze vindt haar broer op een breed, oud bed in een kamer aan de achterkant van het huis. Snikkend laat ze zich naast hem vallen.

'Je moet niet huilen,' zegt Melle terwijl hij naar zijn gameboy blijft turen. 'Opa is een stomme ouwe vent. En vanavond krijgen we gewoon brood.'

Merel droogt haar tranen af en gaat overeind zitten.

'Stop daar eens mee,' zegt ze.

Melle luistert niet. Onafgebroken staart hij naar het speeltje in zijn handen en zijn vingers dansen over de knoppen. Hij is er heel goed in, dat wel. Merel grijpt de gameboy en stopt hem onder haar hoofdkussen.

'Hé!' schreeuwt haar broer.

Hij probeert Merel opzij te duwen, maar dat lukt niet omdat hij op zijn buik ligt. Zo kan hij geen kracht zetten. Dan gaat ze ook nog eens boven op het kussen zitten.

'Eerst praten,' zegt Merel vinnig.

Melle draait zich op zijn rug.

'Ik wil niet praten,' zegt hij. 'En ik wil niet eten en niet denken. Ik wil naar huis.'

'Ik wil ook naar huis,' fluistert Merel.

Eigenlijk is dat raar, denkt ze. Want daar is het ook

helemaal niet leuk. De laatste tijd hebben papa en mama alleen maar ruzie, zoals toen Melle en Merel negen werden. Maar thuis ben je tenminste thúis. Merel voelt dat ze bijna weer moet huilen.

'Weet je,' zegt Melle. 'Ik denk steeds aan dat bos.'

Merel is blij dat hij over iets anders begint. Dat doet hij om haar te helpen, weet ze. Tweelingen kennen elkaar zo goed, ze begrijpen altijd precies wat de ander denkt en voelt.

'Wil je erin?'

Melle knikt.

'Misschien lukt het als we een touw hebben,' zegt hij. 'Dan klimmen we over het hek.'

'Het is te hoog,' zegt Merel.

'Volgens mij niet. Laten we nog eens gaan kijken.'

'Nu meteen?' vraagt Merel.

'Natuurlijk,' zegt Melle. 'Opa zit nog te eten. Heb je niet gezien hoe langzaam dat gaat? Hij blijft vast nog wel een halfuur aan tafel!'

Merel en Melle kijken elkaar aan en knikken. Zachtjes klimmen ze van het bed en sluipen de trap af.

In de gang is het stil. De keukendeur staat op een kier, die kunnen ze zonder geluid openduwen. Op hun tenen lopen ze langs het zwarte fornuis tot aan de achterdeur. Melle duwt de klink naar beneden.

De deur piept. Geschrokken kijkt Merel om. Ze luistert naar de geluiden in het huis. Maar opa zegt niets en er klinken ook geen voetstappen.

Twee treetjes af en ze staan buiten. Door het raam van de woonkamer zien ze opa. Hij zit nog steeds aan tafel, met zijn rug naar hen toe. Zijn oren bewegen als hij kauwt.

Pas als ze tussen de struiken bij het hek staan, durven Merel en Melle weer te praten.

'Zie je wel dat het te hoog is?' zegt Merel.

'Ja, misschien wel,' zegt Melle aarzelend. 'Maar als het nou een heel láng touw was...'

'En hoe kom je dan over het prikkeldraad?'

Merel rukt aan het ijzeren vlechtwerk, maar dat beweegt niet.

'We moeten erdóórheen,' zegt ze. 'Of... eronderdoor!'

Melle laat zich meteen op zijn knieën vallen en begint met blote handen te graven. Merel helpt mee. Ze werken zo ingespannen dat ze het geritsel in de struiken niet horen.

'En wat denken jullie hier te doen?' vraagt opa scherp.

Merel en Melle schrikken. Ze draaien zich vliegensvlug om. Opa kijkt hen heel boos aan.

'Dat bos is geen speelterrein. Er staat niet voor niets een hek omheen. Vooruit, weg hier. En laat ik niet merken dat jullie nog eens zoiets proberen!'

'Maar waarom...' begint Melle.

'Niks!' brult opa. 'Weg!'

Met grote stappen loopt hij terug naar het huis. Merel en Melle volgen gehoorzaam.

Het bos is verboden terrein.

De zaag

'Maar waarom mogen we er niet in?' vraagt Melle.

Ze staan bij het groene houten schuurtje dat tegen de keukenmuur is aangebouwd.

'Tussen die bomen staan oude fabrieken,' zegt opa.

Merel haalt opgelucht adem. Geen boeven of moordenaars dus. En ook geen wilde dieren.

'Ik heb er vroeger zelf gewerkt,' gaat opa verder. 'Fabrieken zijn geen speelplaatsen.'

'Wat maken ze daar dan?' vraagt Merel.

'Nu niks meer,' zegt opa. 'Alle gebouwen staan leeg. Maar vroeger maakten we munitie.'

'Wat is dat?' vraagt Melle.

'Kruit,' zegt opa. 'En kogels. Bommen en granaten. Voor het leger, begrijp je wel?'

'Maakte jij dat?' vraagt Merel. 'Maakte jij kogels en bommen? Om mensen mee dood te maken?'

Opa wordt rood.

'Welnee!' roept hij uit. 'Om het land mee te verdedigen! Om ervoor te zorgen dat jullie veilig groot kunnen worden! Dat jullie geen oorlog hoeven mee te maken en geen honger hoeven te lijden! Daarvoor, begrepen? Sjongejonge, je lijkt je vader wel.'

Opa haalt diep adem en trekt zijn schouders op.

'Maar goed,' bromt hij.

Hij trekt de deur van het schuurtje open en stapt naar

binnen. Merel en Melle volgen nieuwsgierig.

'Hier ligt nog wel het een en ander van jullie vader,' bromt opa. 'Kijk maar even rond. Maar als je wilt voetballen, moet je naar het veldje verderop gaan. Ik heb al genoeg ruiten vervangen, vroeger.'

Melle vindt een oranje plastic bal die nog een beetje hard is. Er liggen ook badmintonrackets en een jeu-de-boulesspel. In een hoek staat een doos met oude kleden en ernaast staan wat afgedankte meubels.

'Dankjewel, opa,' zegt Merel.

'Zoek het maar uit,' zegt opa. 'Ik ga afwassen. Ik zal maar niet vragen of jullie me willen helpen.'

'Wij hebben een afwasmachine thuis,' zegt Melle.

Opa verdwijnt mopperend de keuken in. Melle pakt de badmintonrackets en loopt de tuin in.

'Kom je?' roept hij.

'Nee,' zegt Merel. 'Ik ga liever voetballen.'

'En je houdt helemaal niet van voetballen!'

'Dat is zo,' zegt Merel. 'Maar ik heb iets bedacht.'

Melle komt de schuur weer in en kijkt zijn zus onderzoekend aan.

'We mogen niet voetballen in de tuin,' zegt Merel langzaam. 'We moeten naar een veldje verderop. En op dat veldje kan opa ons niet zien. Dus daar kunnen we misschien wél het bos in.'

Melle schudt zijn hoofd.

'Daar staat natuurlijk net zo'n hek, sufferd.'

'En daarom,' zegt Merel triomfantelijk, 'is het zo fijn dat dáár een ijzerzaag hangt.'

Ze wijst naar de achtermuur van het schuurtje. Daar

hangt allerlei gereedschap, aan spijkers. Er is ook een klein zaagje bij.

'Is dat een ijzerzaag?' vraagt Melle.

'Tuurlijk,' zegt Merel. 'Die had de loodgieter toch ook mee, laatst in de badkamer. Daar zaagde hij de pijpen mee door.'

Melle tilt het zaagje van de spijker in de wand en voelt aan de tanden. Ze zijn zo scherp dat hij zijn vinger openhaalt.

'We gaan het proberen,' zegt hij. 'Kom mee.'

Voorzichtig steekt Melle de ijzerzaag in zijn kontzak en trekt zijn T-shirt eroverheen. Dan pakt hij de bal op en loopt de keuken in.

'Waar is dat voetbalveldje precies, opa?' vraagt hij.

Opa staat met zijn handen in het sop. Hij heeft een schortje met verkleurde bloemen voorgebonden.

'De deur uit en linksaf,' zegt hij. 'Je ziet het vanzelf. Niet van de stoep af en om vijf uur kom ik jullie halen.'

Het is echt vlakbij. Voor Merel en Melle het weten, zijn ze al op het trapveldje. Er staan twee doeltjes van ijzer en er is een bank met een prullenbak ernaast. Langs de rand van het veld, aan de kant van het prikkeldraadhek, staan dichte struiken.

Merel gaat voorop. Ze duwt de takken van elkaar en baant zich een weg naar het hek. Melle volgt met de ijzerzaag. De bal blijft achter op het grasveld.

'Zie jij iemand?' vraagt Melle.

Merel schudt haar hoofd. Het bos achter het hek is uitgestorven. Er fluiten vogels, heel veel vogels.

Melle begint te zagen. Het is zwaar werk, het ijzer geeft zich niet meteen gewonnen. Merel moet hem aflossen. Als ze allebei drie keer aan de beurt zijn geweest, is het gat groot genoeg.

Met nog een snelle blik over hun schouder stappen ze het verboden bos in.

Het paleisje

'Het is mooi,' zegt Merel.

Ze staan voor een enorm gebouw met zware houten deuren. Tegen de muren groeit klimop en bijna alle ruitjes zijn stuk. Melle vindt een deur die open staat. Behoedzaam stapt hij over de drempel.

'Bah!' roept hij. 'Nat! De hele vloer staat onder water!' Melle komt meteen weer naar buiten.

'Als het winter wordt, heb je een mooie ijsbaan,' zegt Merel. 'Een overdekte ijsbaan.'

Ze dwalen verder. Overal tussen de bomen staan gebouwen, groot en klein. Sommige hebben rare, ronde daken. Van een grote loods is het hele glazen dak ingestort, er groeien varens en andere planten tussen de verroeste tafels. In een immense hal vinden ze een put die vreselijk stinkt en waar nog rook uit omhoog kringelt. Tussen de gebouwen lopen sloten met smerig, zwart water dat borrelt. En nergens is een mens te bekennen.

Als ze op een klein, mosgroen klinkerweggetje lopen, ziet Merel opeens een hoog houten bouwsel staan.

'Een uitkijktoren!' roept ze en ze rent ernaartoe.

Binnen in het geraamte van dikke balken voeren een paar gammele trappetjes naar boven. De treden kraken verschrikkelijk, maar ze houden het wel. Vanaf het hoogste platform kunnen Merel en Melle een heel eind tussen de boomtoppen door kijken. Ze zien zelfs het dak van

opa's huis. Heel in de verte staat ook een kerktoren. Het is al over vieren.

'We moeten terug,' zegt Melle. 'Straks komt opa ons ophalen van het veldje.'

Merel luistert niet. Ze hangt met haar buik over de houten leuning en tuurt naar beneden.

'Wat is dat toch?' vraagt ze. 'Daar, tussen de bomen. Dat bruine huisje.'

Melle komt naast haar hangen.

'Een schuurtje of zoiets,' zegt hij. 'Het is heel klein, in elk geval. Veel kleiner dan de andere gebouwen.'

'Ik wil het zien,' zegt Merel.

Dan blaft er opeens een hond. Vlakbij. Merel en Melle draaien zich om. Een paar meter beneden hen, op het klinkerpaadje, staat een man met een pet en een uniform. Hij voert een grote herdershond met zich mee, aan een metalen riem.

'Bukken!' fluistert Merel.

Het bos is verboden terrein, ze mogen er helemaal niet komen. Dat heeft opa heel duidelijk gezegd. En deze man is natuurlijk een bewaker... Wat zal hij zeggen als hij hen ziet? Misschien laat hij dan die hond wel los!

Met bonkende harten liggen Merel en Melle op het platform. Ze proberen hun adem in te houden.

'Kom, Argos,' horen ze de man zeggen, 'hier is niks aan de hand.'

Zijn voetstappen verwijderen zich over het paadje. De hond houdt op met blaffen.

Merel en Melle tijgeren naar de rand van het platform en gluren naar beneden. Er is niemand meer te zien. Ze zijn niet ontdekt.

'We gaan terug,' zegt Melle.

Merel schudt haar hoofd.

'Eerst nog het schuurtje,' zegt ze. 'Het staat hier vlakbij. Kom.'

Langs de krakende trappetjes dalen ze af. Achter de toren staat het gras tot boven hun knieën en er staan ook brandnetels tussen. Krabbend aan hun blote enkels komen Merel en Melle bij het schuurtje aan. Voorzichtig stappen ze naar binnen.

Het is inderdaad klein, met een gebogen dak dat gedragen wordt door verroeste ijzeren pilaren. De wanden zijn van rottend hout. Het glas van de meeste ruitjes is stuk of helemaal verdwenen. Maar het schuurtje staat op een prachtige plek, verstopt tussen de bomen. En door de sierlijke pilaartjes is het heel anders dan de grote loodsen verderop.

'Het is een paleisje,' fluistert Merel.

'Een heel erg kapot paleisje,' zegt Melle.

Hij kijkt omhoog. Er zitten grote gaten in het dak waar de zon vrolijk door naar binnen schijnt. De vloer is bedekt met roestige plakken ijzer en glassplinters. Daartussen groeit gras en mos.

'Maar we kunnen het toch een beetje opruimen?' zegt Merel. 'Dan wordt het ons paleis. Dan zijn we de koningin en de koning van dit land. Het Kruitland.'

Melle lacht.

'Ja, en dan is dit het Kruitpaleis.'

'We moeten alleen zorgen dat die bewaker ons niet ziet,' zegt Merel bezorgd.

'Die komt hier vast niet,' zegt Melle. 'Het ligt een heel eind van het pad af, en ik zag geen sporen in het gras. Hier komt nooit iemand.'

'We kunnen de spullen uit opa's schuur gebruiken,' zegt Merel. 'De meubels enzo.'

Melle schrikt.

'Opa! Misschien is het al vijf uur geweest. We moeten terug naar het veldje!'

Ongerust zoeken ze hun weg door het bos. Op de paden willen ze niet meer lopen. Stel je voor dat de bewaker hen dan ziet.

Het valt niet mee om snel vooruit te komen tussen de varens en de afgevallen takken. Maar het gat in het hek is vlakbij en ze staan net weer op het veldje als opa komt aanwandelen.

'Zo, lekker gebald?' vraagt hij.

Merel en Melle knikken om het hardst. Ze krijgen allebei een rood hoofd, maar opa denkt hopelijk dat dit van het voetballen komt.

'Jullie zien er gezond uit. Waar is de bal?'

De bal! Ze hadden hem achtergelaten op het grasveld, maar hij is nergens meer te zien. Zeker door andere kinderen meegenomen.

'Eh, in de bosjes,' zegt Merel vlug. 'We konden hem niet meer vinden. We zoeken morgen wel verder.'

Opa knikt.

'Hij was toch al lek,' zegt hij. 'Weet je wat, ik zal morgen een nieuwe kopen. Maar nu eerst snel naar huis, want jullie vader heeft gebeld en hij belt om zes uur weer. Daarna gaan we aan tafel. Schoon en fris.'

Gedwee lopen Merel en Melle achter opa aan. Ze vinden het niet erg meer dat hij streng doet. Ze hebben wel iets anders aan hun hoofd. Zelfs de ruzies thuis zijn ze even vergeten. Want nu hebben ze een groot en prachtig geheim.

Het geheim van het Kruitpaleis.

De verkleedkist

'Dag lieverd,' zegt papa door de telefoon. 'Hoe gaat het met jou, en met je broer?'

Zo gauw Merel zijn stem hoort, denkt ze weer aan de ruzies. Het hele fijne gevoel van de middag, in het Kruitpaleis, is weg.

'Goed wel,' zegt ze.

'Is opa een beetje aardig voor jullie?'

'Ja hoor.' Merel kijkt om zich heen of opa in de buurt is. 'Hij moppert alleen veel.'

Papa lacht.

'Dat heeft hij altijd gedaan. Ook toen ik nog klein was. Ik mocht helemaal niks! Je went er wel aan.'

'Moeten we hier nog lang blijven?'

'Ik denk het niet. Mama en ik hebben de hele middag zitten praten. We hebben al geen erge ruzie meer. Het gaat goed.'

'We willen wel naar huis,' fluistert Merel.

Dan denkt ze weer aan het Kruitpaleis.

'Maar het is hier ook leuk, hoor,' zegt ze vlug.

'Dat is fijn om horen,' zegt papa. 'Komt Melle nog even aan de lijn?'

'Die zit te gameboyen.'

'Doe hem dan maar de groeten. Dag lieverd, tot gauw. Ook veel kusjes van mama.'

'Dag.'

Merel legt de zware hoorn op het toestel en loopt terug de kamer in. Opa heeft de tafel gedekt. Er staat een mandje met brood en er is kaas, ham en jam. Merel voelt dat ze honger heeft. Of nee, trek.

'Wat zei je vader?' vraagt opa.

'Het gaat goed,' zegt Merel. 'Ze komen ons snel halen.'

'Dat is mooi. Kom maar aan tafel, je buik is vast heel leeg.'

Merel knikt. Melle legt zijn gameboy weg en smeert een boterham met dikke klodders jam voor zichzelf. Opa fronst zijn wenkbrauwen maar hij zegt niets.

'Opa,' vraagt Merel als ze haar boterham op heeft, 'waarom zijn wij hier eigenlijk nooit geweest?'

'Och,' zegt opa. 'Dat is zo gegroeid. Eerst was oma te ziek, toen ging het niet. En toen ze dood was, ben ik heel lang erg verdrietig geweest. Dit huis was altijd van haar, begrijp je. Toen ze er niet meer was, wilde ik er niemand anders in hebben. Ik wilde alleen zijn en aan haar denken. En zo werd het normaal dat ik altijd bij jullie op visite kwam, en jullie nooit bij mij.'

Merel begrijpt het maar half.

'Vind je het nu wel gezellig?' vraagt ze.

Opa knikt.

'Heel gezellig.'

'Maar je moppert de hele tijd,' zegt Melle met volle mond.

Merel schrikt. Dat haar broertje dat durft te zeggen! Als opa nu maar niet kwaad wordt. Het is net zo leuk, met z'n drietjes aan tafel. Ze kijkt opa angstig aan, maar die glimlacht.

'Dat is zo,' zegt hij. 'Zo ben ik. Ik denk niet dat ik dat nog veranderen kan. Let er maar niet te veel op. Wil je nog zo'n berg jam met een boterham eronder?'

Melle knikt en begint meteen weer te smeren. Merel drinkt haar melk op. Ze kijkt hoe opa zorgvuldig kleine vierkantjes uit zijn boterham snijdt. Muizenhapjes, zou mama zeggen. Hij laat geen enkele kruimel vallen.

Als ze uitgegeten zijn, staat opa op.

'Nu heb ik nog iets leuks voor jullie,' zegt hij. 'Loop maar eens even mee.'

Opa beklimt twee trappen en knipt het kale peertje op

zolder aan. Merel en Melle volgen hem. Onder het schuine dak staan allerlei kisten en dozen. Op sommige is iets geschreven: KERSTVERSIERING of KLEDING LIES of BELASTING '50-'60. Helemaal in de verste hoek staat een kist zonder letters. Opa klapt het deksel omhoog.

'Kijk maar of er iets voor je bij zit,' zegt hij.

Merel en Melle laten zich op hun knieën zakken en graaien in de kist. Hij zit helemaal vol met kleren. Geen gewone kleren: Melle vindt een oud politie-uniform en een brandweerhelm. Merel haalt een cowboyhoed tevoorschijn en een zwarte heksenjurk.

'Het zijn de verkleedkleren van jullie vader,' zegt opa. 'Hij liep altijd in rare spullen rond. Soms was hij dagenlang Kapitein Haak, of Winnetou.'

'Wie is Winnetou?' vraagt Melle.

'Een indiaan. Kijk, hier is de hoofdtooi.'

Opa haalt een kleurige band met vier veren uit de kist.

'De rest moet er ook in liggen,' zegt hij.

Melle vindt een broek en een hesje met strepen en frutsels eraan. Ze passen hem precies.

'Wat is dit?' vraagt Merel.

Ze houdt een roze jurk omhoog.

'Dat,' zegt opa zachtjes, 'was een nachtpon van jullie oma. Ze heeft hem zelf wat ingekort, en jullie vader gebruikte hem als prinsessenjurk. Er moet ook nog ergens een kroontje liggen. Kijk, hier.'

Merel gooit de jurk over haar hoofd en zet het kroontje op. Nu staan er een prinses en een indiaan op de zolder.

38

'Prachtig hoor,' zegt opa. 'Willen jullie er nog even in spelen? In de tuin dan, ik wil jullie 's avonds niet meer op straat hebben.'

De zon staat nog boven de bomen en de vogels in het verboden bos fluiten om het hardst. Merel en Melle staan bij opa's schuurtje. Ze hebben net de ijzerzaag teruggehangen.

'Ik ben de prinses van het Kruitpaleis,' zegt Merel.

'En ik ben het opperhoofd,' zegt Melle. 'Oef!'

'Opperhoofden wonen niet in een paleis.'

'Waarom niet?' vraagt Melle verontwaardigd. 'Een opperhoofd is ook een soort koning.'

'Maar hij woont in een tent.'

'Misschien wel, maar het Kruitland is óns land. Daar kunnen we doen wat we willen. En ik wil het.'

Dat is zo, denkt Merel. In je eigen land kan alles precies zo zijn als je zelf wilt. Daar kunnen prinsessen samen met opperhoofden in een bruin schuurtje wonen, en dan is het toch een paleis. Daar kan iedereen met elkaar samenleven, zonder ruzie of bozigheid. Waarom niet?

Merel knikt. 'Morgen gaan we het paleis inrichten.'

'Ja,' zegt Melle. 'Morgen.'

Ze kijken naar het bos achter de struiken. De zon begint nu snel te zakken. De laatste stralen glijden over de boomtoppen en de lucht kleurt steeds donkerder blauw.

'Misschien zitten papa en mama nu op ons balkon,' fluistert Merel. 'Misschien zitten ze gezellig samen naar de avond te kijken.'

'Met een glaasje wijn,' zegt Melle.

Merel knikt zwijgend.

'Heb je nou al gezien of er hier een kelder is?' vraagt Melle.

Merel schudt haar hoofd. Sinds vanochtend zijn ze eigenlijk alleen nog maar buiten geweest. Maar ze begrijpt waar Melle aan denkt. Als er een kelder vol wijn onder opa's huis is, komen papa en mama misschien wel hier naartoe om een glaasje te drinken. Dan zijn ze weer allemaal samen.

'Het komt vast weer goed,' zegt Merel.

'Het moet weer goed komen,' zegt Melle.

Diep in het bos roept de koekoek.

'Wie wil er ganzenborden?' vraagt opa vanuit de deur-opening.

Merel en Melle rennen naarbinnen. Het spel ligt al klaar op de tafel. Ze spelen tot ze te moe zijn om een dobbelsteen te werpen. En opa zit de hele avond in de put, maar hij kan er goed tegen.

De handgranaat

Merel wordt wakker van de vogels. De zon is nog niet eens op, maar vanuit het bos klinkt een oorverdovend ochtendconcert. Ze ligt er een tijdje naar te luisteren voordat ze goed beseft waar ze is.

Melle ligt met zijn puntbillen tegen haar buik. Hij snurkt een beetje.

Merel wist niet dat Melle kon snurken. Thuis slapen ze niet bij elkaar op de kamer, en dat is dus wel zo prettig. Maar nu is het fijn om haar broertje dicht tegen zich aan te voelen.

Douchen kan hier niet. Opa heeft alleen een grote, ronde kuip van gelige steen die hij een lavet noemt. Merel gooit wat water in haar gezicht. Dat moet maar genoeg zijn.

Ze keert terug naar de logeerkamer om de roze prinsessenjurk aan te trekken. Melle is alweer indiaan. Hij wast zich helemaal niet.

Het ontbijt kost niet veel tijd. Ze krijgen ieder een boterham en een glas melk, en daarna trekt opa zich met zijn krant terug in de voorkamer.

Merel en Melle plunderen de groene schuur en slepen de spullen voor het Kruitpaleis tussen de struiken door. Twee stoelen en twee oude kleden.

In de ochtend lijkt het bos nog stiller. Alleen de vogels zingen maar door.

'Gewoon eroverheen gooien,' zegt Melle.

Hij probeert het meteen, maar de stoel stuitert tegen het prikkeldraad en valt terug in de struiken. Melle krijgt hem bijna op zijn hoofd.

'Wat doet opa?' vraagt hij snel.

Merel tuurt tussen de takken door.

'Ik zie hem niet,' zegt ze. 'Hij zit vast nog met zijn krantje in de voorkamer.'

'Mooi!'

Melle gooit nog eens, een beetje hoger. Nu komt de stoel boven op het prikkeldraad terecht. Hij wiebelt even en glijdt dan aan de andere kant van het hek naar beneden. Ook met de tweede stoel gaat het goed.

De kleden zijn lastiger. Ze zijn zwaar en ze waaien open als Melle ze omhoog gooit. Door het hek heen duwen gaat ook niet, daar zijn ze te dik voor.

'We moeten ze meenemen naar het gat,' zegt Merel. 'We zeggen gewoon dat we een hut gaan bouwen op het veldje.'

Ze lopen ieder met een kleed het huis in.

'We gaan naar het veldje, opa,' roept Merel in de gang. 'We gaan een indianentent bouwen.'

'Om half één eten,' bromt opa vanachter de krant. 'Pannenkoeken.'

Het is stralend weer, maar op het veldje is nog steeds geen kind te zien.

'Misschien wonen hier gewoon geen kinderen,' zegt Melle.

'En wie heeft de bal dan gepikt?' vraagt Merel.

'Een hond,' zegt Melle. 'Argos.'

Merel kijkt Melle even aan. Ze weet dat hij nu ook aan de bewaker denkt. Het Kruitland is dan wel hun eigen land, maar eigenlijk mogen ze er niet komen...

'Kom,' zegt ze. Ze duwt haar kleed door het gat en stapt erachteraan. Melle doet hetzelfde.

Vlak langs het hek, ver weg van de paden, lopen ze naar het Kruitpaleis. Onderweg pikken ze de stoelen op. Opa kunnen ze niet zien, maar vanachter de struiken klinkt wel een vrolijk gezang.

'Ik heb opa nog nooit horen zingen,' zegt Merel.

'Hartstikke vals,' lacht Melle.

Maar ook vrolijk, denkt Merel. Zo vrolijk heeft ze opa nog nooit meegemaakt. Zou papa gebeld hebben dat alles weer goed is? Komt hij hen straks halen?

Melle is al in het Kruitpaleis. Hij heeft zijn kleed uitgerold op de vloer en zijn stoel ermiddenop gezet. Nu zit hij daar en haalt zijn gameboy tevoorschijn.

'O nee,' roept Merel. 'Dat ding niet. Dit is een ander land, hier zijn geen gameboys.'

'Het is ons land, en we mogen doen wat we leuk vinden,' zegt Melle bozig.

'Ja, en ik vind het níet leuk om de hele tijd naar iemand te kijken die op een stoel zit te niksen. En die muziekjes vind ik ook vervelend.'

'Het is mijn land!' roept Melle.

'Het is ook míjn land!' gilt Merel.

Melle denkt na.

'Dan mag jij straks wel eventjes,' zegt hij.

'Dat wil ik helemaal niet!' roept Merel.

Ze grijpt de gameboy uit zijn hand en gooit hem door een kapot raam naar buiten.

'Zo!'

'Wat doe je nou, stom kind!' gilt Melle.

Hij rent naar Merel toe en duwt haar omver.

'Als hij stuk is, maak ik je helemaal dood!'

Merel komt overeind. Er zit wat bloed op haar knie en haar hand doet pijn. Ze voelt dat ze gaat huilen, maar dat wil ze niet. Als ze gaat huilen, heeft Melle gewonnen. Merel perst haar lippen op elkaar en maakt haar knie schoon met een beetje spuug.

'Hé,' hoort ze Melle zeggen.

Hij loopt buiten het Kruitpaleis te zoeken in het hoge gras.

'Is je gameboy stuk?' vraagt Merel voorzichtig.

'Dat weet ik niet,' zegt Melle. 'Ik heb iets anders.'

Voorzichtig stapt hij weer naar binnen. Op zijn hand ligt iets dat nog het meest lijkt op het schild van een kleine schildpad. Er hangt een kettinkje aan.

'Wat is dat?' vraagt Merel.

'Een handgranaat,' fluistert Melle. 'Ik heb eens een film gezien met handgranaten. Als je dat kettinkje lostrekt, kan die pin eruit. Dan knalt hij uit elkaar.'

'En dan?'

'Dan ben je dood.'

Merel kijkt naar het rare ding. Ze vindt het eng, maar dat laat ze niet merken.

'Stom,' zegt ze. 'Waarom zou je nou jezelf doodmaken.'

'Nee sukkel,' zegt Melle, 'hij ontploft niet meteen. Als de pin eruit is, heb je nog tijd om hem weg te gooien.'

'Verstandig,' zegt Merel.

'Naar de vijand. Dan gaat díe dood, jijzelf niet.'

Nu begint Merel het te begrijpen.

'Het is een wapen!' roept ze uit. 'Een soldatenwapen! Die werden hier vroeger gemaakt, dat heeft opa verteld. Bommen en kogels.'

'En handgranaten,' zegt Melle.

Zijn ogen glinsteren van opwinding. Hij laat zijn vingers langs het kettinkje glijden en trekt er zachtjes aan.

'Niet doen!' gilt Merel.

'Bangeschijter,' zegt Melle lachend.

Hij geeft haar de handgranaat. Merel neemt hem voor-zichtig aan. Het dofzwarte metaal voelt koud in haar hand. Ze weet niet of ze er heel blij mee is, maar span-nend is het wel.

'Nu kunnen we ons verdedigen,' zegt Melle. 'Net als een echt land. En misschien liggen er nog meer!'

De briefjes

De hele ochtend zoeken Merel en Melle naar handgranaten, maar ze vinden alleen Melles gameboy. Nog helemaal heel, gelukkig. Nu heeft Melle uit een schuur een
eindje verderop een roestige schep gehaald. Hij staat te
spitten op de plek waar de handgranaat lag.

Merel scheurt het tweede kleed in stukken en maakt er
gordijnen van. Om haar heen ruisen de bladeren van het
bos en zingen de vogels, verborgen in het groen.

Dit is het mooiste plekje van de wereld, denkt ze. Hier
blijf ik altijd wonen. In ieder geval tot half één. Ze
schrikt.

'Hoe laat is het?' schreeuwt ze naar Melle.

'Klim maar op de toren,' antwoordt hij.

Merel hangt het laatste gordijn op en loopt door het
hoge gras naar de toren. Het is moeilijk klimmen in een
prinsessenjurk. Haar voet blijft steeds in de zoom hangen. Eindelijk staat ze boven. De kerktoren in de verte
wijst kwart over elf.

'Nog meer dan een uur,' zegt ze tegen Melle als ze
terug is.

Haar broer staat voor het Kruitpaleis en kijkt naar het
diepe spoor dat Merel in het gras gemaakt heeft.

'Dat kan zo niet,' zegt hij. 'Zo ziet de bewaker meteen
waar we zitten, als hij weer langsloopt.'

Hij pakt de schep en probeert met grote maaibewegingen het gras weer wat rechtop te krijgen. Het lukt maar half.

'Misschien moeten we ergens anders een nieuw spoor maken,' bedenkt Merel. 'Dan gaat de bewaker dat volgen, en dan komt hij niet hier.'

Melle vindt het een geweldig idee. Ze sluipen tussen de bomen door naar het klinkerpaadje. Er is niemand te zien. Snel steken ze over en maken een breed spoor van platgetrapt gras naar een grote loods verderop in het bos.

'Heel goed,' zegt Melle. 'Alweer een beetje veiliger. En nu weer op zoek naar handgranaten.'

Maar hoe ze ook zoeken, ze vinden een hele tijd niets meer. Melle is al aan zijn vierde kuil bezig als hij iets hards raakt, met de schep.

'Hé Merel, hier ligt iets!'

Hij zit op zijn knieën bij de kuil. De schep staat tegen de muur van het Kruitpaleis. Melle werkt verder met zijn handen.

'Een handgranaat?' vraagt Merel.

'Nee, iets anders. Een soort kistje, geloof ik. Zo voelt het tenminste.'

Merel laat zich ook op haar knieën vallen en tuurt in het gat.

'Ik zie niks.'

'Maar hier is het!' zegt Melle triomfantelijk.

Hij tilt een roestig blikje uit de grond en veegt de aarde eraf.

'Misschien is het een schat,' fluistert Merel.

Melle loopt het Kruitpaleis binnen. Hij laat zich in een

stoel vallen en probeert het blikje open te krijgen, maar het deksel zit vastgeroest. Hij breekt zijn nagels erop. Dan legt hij het blikje op de grond, pakt de schep en slaat zo hard hij kan met de scherpe zijkant.

Het blikje scheurt open. Er zit een stapeltje papier in, vochtig en verkleurd, maar niet vergaan. Voorzichtig pakt Melle een velletje van de stapel.

'Het is een brief,' zegt hij. 'Luister maar.'

Merel schuift haar stoel dichterbij en leest mee over zijn schouder:

Lieve Eekhoorn,

Ik was hier vanochtend, maar je bent niet gekomen. Morgenavond kom ik weer, om zeven uur. Zul je er dan wel zijn? Ik verlang zo naar je!

Je Wasbeer

'Ik wist niet dat wasberen konden schrijven,' zegt Merel verbaasd.

Melle lacht. 'Dat kunnen ze ook niet, sukkel! Dit is een briefje van verliefde mensen, wedden? Hier, nog eentje.'

Lieve Wasbeer,

Gisteravond, toen de maan zo mooi vol was, heb ik aan ons zitten denken. Waar zijn we over twintig jaar, waar gaan we dan wonen? Want we blijven altijd samen! Ik wil je zoenen tot het einde van de tijd.

Je Eekhoorn

'Zie je wel,' giechelt Melle. 'Liefdesbrieven! Oude liefdesbrieven.'

Merel lacht niet. Ze pakt nog een velletje, en nog eentje, en nog eentje. Ze leest ze allemaal, met rode wangen en een bonzend hart. Ze vindt de briefjes zo mooi dat ze er zelf een beetje verliefd van wordt. Er fladderen hele wolken vlinders door haar buik.

'Stop ze maar weer terug,' zegt Melle. 'We hebben er toch niks aan.'

Merel schudt woest met haar hoofd.

'Ik wil ze houden,' zegt ze. 'Ik ga ze bewaren.'

'En als opa dan vraagt waar we ze gevonden hebben?'

'We vertellen opa niks,' zegt Merel beslist. 'Deze brief-jes zijn ons geheim. Ons tweede geheim.'

Melle haalt zijn schouders op.

'Je moet het zelf maar weten,' zegt hij terwijl hij opstaat. 'Zullen we nu indiaantje spelen?'

'Of prinsesje,' zegt Merel.

Ze krijgen er bijna weer ruzie over. Melle begint zelfs te schreeuwen, maar Merel legt verschrikt haar hand over zijn mond. Vanaf het klinkerpad klinkt hondenge-blaf. De bewaker is terug!

Merel en Melle laten zich op hun buik vallen en tijge-ren naar het raam. Voorzichtig gluren ze over de venster-bank. Daar is de man met de pet weer. Hij staat stil op het klinkerpad en staart naar het valse spoor dat Merel en Melle net hebben gemaakt. Maar Argos kijkt de andere kant op, hij lijkt hen recht aan te kijken.

Merel en Melle houden hun adem in. Dan stapt de bewaker van het pad af. Hij loopt tussen de bomen door in de richting van de grote loods. Argos laat zich mee-sleuren aan de lijn.

Merel staat op en slaat de aarde van haar prinsessen-jurk.

'Het is vast al laat,' zegt ze.

Melle knikt.

'Ja, we kunnen vanmiddag wel verder zoeken. Laten we nu maar naar huis gaan.'

'Dat lijkt me een uitstekend idee,' zegt een boze stem vanuit de deuropening.

Melle en Merel draaien zich vliegensvlug om. Daar staat de bewaker met de pet. En Argos, de grote hond, gromt en rukt aan de lijn.

De bewaker

Waar is die man zo snel vandaan gekomen?

Hij moet ons al gezien hebben, denkt Merel. Hij is helemaal niet naar de oude loods gelopen. Dat was gewoon een trucje. Hij wist waar we zaten.

'Wat zijn jullie hier aan het doen?' vraagt de bewaker streng.

'Aan het spelen,' piept Melle.

Merel kan alleen maar knikken. Ze houdt het blikje met de briefjes achter haar rug. Stel je voor dat de bewaker het afpakt!

'Weten jullie niet dat dit bos verboden gebied is? Het is hier levensgevaarlijk! Er zit gif in de grond en veel van de loodsen staan op instorten. Dit is geen speelterrein!'

Merel en Melle zeggen niets. Ze staren naar de grond.

'En wat hebben we hier?' zegt de bewaker terwijl hij het Kruitpaleis binnenstapt. 'Stoelen, gordijnen... Waar hebben jullie dat spul vandaan?'

'Uit opa's schuur, meneer,' fluistert Merel.

'Waar woont jullie opa?'

'Hier vlakbij, meneer. Bij het hek...'

'Bedoelen jullie die villa hierachter? Jullie zijn toch geen kleinkinderen van de oude Vreeman?'

Merel kijkt hem verbaasd aan. Kent hij opa?

'We heten Merel en Melle Vreeman,' knikt Melle.

'Dan moest je helemaal beter weten! Vreeman heeft hier zelf gewerkt! Heeft hij niet verteld hoe gevaarlijk het hier is?'

Ja, dat heeft hij wel, denkt Merel. Maar dat maakte het bos alleen nog maar spannender. Ze kijkt naar Argos die nog steeds zachtjes gromt. Af en toe laat hij zijn scherpe tanden zien.

'En kijk nou eens, zeg!' De bewaker wordt kwader en kwader. 'Een handgranaat ook nog! Willen jullie graag dood ofzo?'

Merel kijkt naar Melle. Hij kan elk moment in huilen uitbarsten, dat kun je zien aan zijn trillende lip. De bewaker bukt zich om de handgranaat op te rapen. Snel laat Merel het blikje met de briefjes vallen en schuift het met haar voet onder het tapijt. Ze wil niet dat de bewaker ze ziet. Er is iets met die briefjes, iets bijzonders. Iets wat alleen van haar en van Melle is en waar niemand anders iets mee te maken heeft.

'Hij is niet scherp, goddank,' zegt de bewaker.

Nee, hij is rond, denkt Merel. Dat kun je gewoon zien. Wat een domme man is dat.

Maar de bewaker gaat verder: 'Kijk maar, dat staat erop: monster. Dat betekent dat hij niet echt is, een soort model dus. Een losse flodder.'

Merel moet van de zenuwen bijna giechelen. Een losse flodder! Dat zegt mama altijd als Merel last van diarree heeft... Maar dat woord monster is wel goed, want monsters zijn ook niet echt.

'Toch had dat gekund,' gaat de bewaker verder. 'En daarom stuur ik jullie nu hier weg. Hoe zijn jullie eigenlijk binnengekomen?'

'Door het hek,' fluistert Melle.

'En waar zit dat gat dan? Laat het me maar eens zien.'

Gehoorzaam lopen Merel en Melle voor de bewaker uit, tussen de bomen door naar het gat bij het veldje.

'Hebben jullie dat zelf gemaakt?' vraagt de man streng.

'Met een ijzerzaag,' zegt Merel.

Argos gromt alweer en de bewaker kijkt hen heel boos aan.

'Ongelooflijk,' moppert hij. 'Reken maar dat ik van-avond even bij jullie opa op bezoek ga. En als ik jullie hier nog één keer zie, zwaait er wat. Hebben jullie dat heel goed begrepen? Wegblijven!'

Merel en Melle klimmen door het gat. De bewaker kijkt hen na tot ze op het veldje staan. Argos rukt aan de lijn en blaft.

'Ik ga niet meer terug,' zegt Melle. Hij ziet er nog steeds erg geschrokken uit. 'Ik wil naar huis.'

Merel denkt aan het blikje met de briefjes. Dat ligt nog

steeds in het Kruitpaleis, onder het kleed.

'Wie denk jij dat die Wasbeer en Eekhoorn zijn?' vraagt ze.

'Hoe moet ik dat nou weten?' zegt Melle. 'Het kan iedereen wel wezen.'

Merel lacht.

'Niet iedereen. Die Eekhoorn is vast niet Koningin Beatrix.'

'Maar ze kan wel koningin geweest zijn,' zegt Melle. 'Koningin van het Kruitpaleis.'

'Voordat wij er de baas waren,' zegt Merel. 'Ja, dat kan. De oude koningin. Hoe heet dat ook alweer?'

'Koningin-moeder,' zegt Melle.

Merel denkt na over dat woord. Op de een of andere manier klopt het. Koningin-moeder... Prinses...

De briefjes zijn belangrijk, denkt Merel. Ze weet het heel zeker.

'Zeg jongens,' begint opa, 'hebben jullie weleens gevist?'

Melle schudt zijn hoofd. Hij heeft zijn mond vol pannenkoek, dus hij kan even geen antwoord geven.

'Zullen we dat dan vanmiddag gaan doen? Er zwemt van alles hier in de rivier. Ik heb nog wel twee hengeltjes over. Is dat wat?'

'Vissen is zielig,' zegt Merel. 'Door de lucht vliegen met een haakje in je lip. Dat vind ik hartstikke gemeen.'

Even lijkt het of opa weer boos zal worden, maar dan zucht hij en glimlacht.

'Tja, dat mag je vinden. Maar ik vind het gezellig. En jij, Melle?'

Nog voordat Melle kan antwoorden, gaat de telefoon. Opa staat op en loopt naar de gang.

'Vreeman,' zegt hij.

Het klinkt net zoals papa dat altijd zegt, thuis.

Opa is een hele tijd stil. Zijn ogen beginnen te twinkelen. Dat heeft Merel nooit eerder gezien.

'Dat is geweldig, jongen. Hoewel ik het ook heel gezellig vind met ons drietjes. Hoe laat ben je hier?'

Opa luistert weer.

'Goed, ik zorg dat ze klaarstaan. Tot dan.'

'Was dat papa?' vraagt Merel.

'Inderdaad,' zegt opa terwijl hij weer aan tafel gaat zitten. 'Vanmiddag komen ze jullie ophalen. Sámen. Je vader klonk heel vrolijk, dus ik denk dat alles weer in orde is. Jullie gaan zelfs uit eten, geloof ik.'

'Bah,' zegt Melle. 'Urenlang stilzitten en rare dingen op je bord.'

'Neem je spelletjesdoosje mee,' zegt opa.

'Mijn wat?' vraagt Melle.

'Dat ding waar je steeds op zit te turen.'

'O, mijn gameboy.'

'Juist,' zegt opa. 'Je gamedinges. En wat extra batterijen. Maar vanmiddag niet, vanmiddag moet je je aandacht bij de dobber houden. En nu snel het toetje, dan kunnen we naar buiten.'

Merel lepelt haar yoghurt naarbinnen en zwijgt. Laat Melle maar gaan vissen met opa, denkt ze. Ik ga terug naar het Kruitpaleis. Nu kan het nog, als papa en mama komen is het te laat. En ik wíl die briefjes hebben.

De buurvrouw

Merel heeft haar prinsessenjurk uitgetrokken. Daar heeft ze alleen maar last van tussen de bomen. Misschien komt ze de bewaker weer tegen en dan moet ze snel weg kunnen rennen.

Melle en opa rommelen in de trapkast op de gang. Ze komen terug met twee hengels, een mooie grote voor opa en een kleintje van hout voor Melle. Opa draagt ook een plastic zak met krioelende maden erin.

'Getver,' zegt Merel.

'Daar is niks vies aan,' zegt opa. 'In Mexico worden ze zelfs door mensen gegeten. Met chocoladesaus.'

Merel rilt. 'Ik ga niet mee,' zegt ze. 'Ik ga liever naar het pa- eh, naar de indianentent.'

'Dat is goed, lieverd,' zegt opa. 'Wij zitten hier vlak voor het huis, op de steiger.'

Merel ziet Melles onderzoekende blik wel. Hij kan niks vragen waar opa bij is. Als opa zich omdraait om de deur te openen, maakt ze gauw een schrijfgebaar en wijst over haar schouder in de richting van het bos. Melle schudt van nee, maar Merel glimlacht alleen. Ze durft het best.

Het gat is dichtgemaakt met ijzerdraad. Merel staat er beteuterd naar te kijken. Natuurlijk, denkt ze. Die bewaker is ook niet gek. Die is meteen aan de slag gegaan. Maar hoe moet ze nu bij het Kruitpaleis komen? Het kost veel te veel tijd om weer te gaan zagen.

Merel kijkt om zich heen. Een eindje verderop, aan de rand van het veldje, staat een huis met een schuur erachter. De schuur leunt bijna tegen het hek en het dak steekt net boven het prikkeldraad uit. Daar kan Merel makkelijk vanaf springen. Maar hoe komt ze op het dak?

Tussen het veldje en de tuin van het huis is een laag hek. Erachter staat een grijze vuilnisbak. Als Merel daar op gaat staan, kan ze net bij de dakgoot van het schuurtje.

Voorzichtig sluipt Merel dichterbij. Er is niemand in de tuin en het huis lijkt ook rustig. Er is vast niemand thuis vanmiddag.

Merel klimt over het hekje en trekt de vuilnisbak naar de schuur. Hij is zwaar, het valt niet mee hem voort te rollen. De plastic wieltjes maken veel lawaai op de klinkers van het tuinpad. Het lijkt op het geluid van onweer in de verte.

Als de vuilnisbak goed staat, hijst Merel zich erbovenop. Ze pakt met twee handen de dakgoot vast en trekt zich omhoog. Nu heeft ze haar knie al in de dakgoot liggen. Er staat nog water in, haar broekspijp raakt langzaam doorweekt. Met alle kracht klimt Merel verder. Haar handen zoeken naar houvast hoger op het dak.

Eventjes glijdt ze terug... Maar dan is ook haar andere been boven en kan Merel zich oprichten. Behoedzaam schuifelt ze naar de achterkant van het schuurtje en gaat op de rand van het dak zitten. Haar voeten steunen op het prikkeldraad.

Het is een hele sprong, maar het gras aan de andere

kant ziet er zacht genoeg uit. Merel sluit haar ogen en telt: 'Eén, twee...'

Dan bedenkt ze zich opeens dat ze straks niet meer terug kan. Als ze springt, staat ze aan de andere kant van het hek. En daar is geen schuurtje om op te klimmen...

'Wat moet dat daar?' roept een vrouwenstem van beneden. 'Kom jij eens heel snel naar beneden!'

Merel draait zich om. In de tuin staat een boze vrouw met een schortje voor. In haar rechterhand heeft ze een druipende afwasborstel waarmee ze naar Merel zwaait.

'Van dat dak af, en wel nu meteen!'

Als ik nu terugga, is alles verloren, denkt Merel. Dan zie ik de briefjes nooit meer terug. En ik móet ze hebben. Ik weet niet waarom, maar het moet.

Ze haalt diep adem, zet zich af en springt. Met een smak landt ze in het gras aan de andere kant. Er schiet een scherpe pijn door haar enkel, maar Merel bijt op haar lip en krabbelt overeind. Ze doet een paar hinkende stapjes. De pijn wordt snel minder.

'Kom terug!' schreeuwt de vrouw. 'Daar mag je niet komen!'

Merel denkt er niet aan om terug te komen. Ze zou niet eens weten hoe dat moest! Zonder om te kijken begint ze te rennen, langs het hek in de richting van het Kruitpaleis.

De vrouw schreeuwt nog iets, maar Merel kan het niet meer verstaan. Als ze ver genoeg van het hek is, stopt ze met rennen. Met een bonzend hart loopt ze verder het bos in. Op weg naar de briefjes.

De soldaten

Merel is bijna bij het Kruitpaleis als ze de bewaker ziet. Hij staat met zijn rug naar haar toe en houdt een portofoon tegen zijn oor. Argos zit naast hem en gromt. Hij ruikt misschien dat Merel in de buurt is. Ze laat zich op haar buik vallen en verstopt zich tussen het hoge gras.

'Ik weet het, Ruud,' zegt de bewaker. 'Ik maak dat ik hier wegkom. Het hek is dicht. Ik denk trouwens dat die kinderen te bang zijn om terug te komen. Over.'

Mooi niet, denkt Merel. Ze is zelfs een beetje trots op zichzelf.

Uit de portofoon klinkt een krakerige stem die Merel niet kan verstaan. De bewaker begrijpt wél wat er gezegd wordt.

'Ja, geef dat maar door. Alles is veilig, ze kunnen hun gang gaan. Ik vertrek nu.'

Dat is goed nieuws! Merel ziet hoe de bewaker een ruk aan de lijn geeft om Argos stil te krijgen. Daarna verdwijnt hij in de richting van het klinkerpaadje. Al snel kan Merel hem niet meer zien.

Ze komt overeind en rent naar het Kruitpaleis. Binnen haalt ze het blikje onder het kleed vandaan en kijkt om zich heen. Er is niets veranderd. De gordijnen hangen er nog en ook de stoelen staan gewoon op het kleed. Merel ploft neer en hijgt uit. Daarna pakt ze het bovenste briefje, het mooiste briefje, en leest het nog een keer.

Lieve Eekhoorn,

Wat was het een wonderlijke, prachtige middag... Met jou in het hoge gras te liggen en niets te doen dan luisteren naar elkaars ademhaling... Je geur te ruiken, je haar te voelen dat af en toe langs mijn gezicht streek, als een ganzenveer over het papier... Kon het maar eeuwig zo duren, zo niks, zo alles... O lieve Eekhoorn, ik hou zo oneindig, onmetelijk, onpeilbaar diep van je!

Je Wasbeer

Niets doen en luisteren naar elkaars ademhaling... Merel wilde bijna dat ze erbij geweest was, dat ze tussen die twee verliefde mensen in had mogen liggen en meeluisteren. Maar het is langgeleden, natuurlijk. Die mensen zijn nu al oud, of misschien wel dood.

Merel staat op. Ze legt het briefje voorzichtig terug in het blikje en steekt dat dan diep in haar broekzak. Daar zit het veilig. Ze gluurt door het raam of de bewaker in de buurt is, maar die is echt vertrokken. Opgelucht stapt Merel naar buiten.

Nu moet ze een manier zoeken om terug over het hek te klimmen. Misschien staat er ergens een goeie klimboom vlakbij het hek. Op weg van het speelveldje heeft Merel die niet gezien, dus besluit ze de andere kant op te lopen.

Het wordt al snel lichter tussen de bomen. Er zijn ook steeds minder struiken. Nog even en Merel is het bos uit, en nog steeds heeft ze geen geschikte boom gevonden. Merel begint zich ongerust te maken. Wat nou als ze er echt niet meer uit kan? Moet ze dan om hulp gaan schreeuwen? Maar dan vindt de bewaker haar en die zal vast heel verschrikkelijk boos zijn!

Nu houdt het bos echt op. Merel staat aan de rand van een brede asfaltweg. Aan de overkant staan weer grote loodsen. Links van haar schittert het water van de rivier. Daar is een poort in het hek! Misschien is die niet op slot, of kan ze erover klimmen.

Merel kijkt nog een keer goed in het rond. Er is echt niemand te zien... Voorzichtig stapt ze de weg op en loopt naar de poort. Ze blijft dicht bij de bosrand, klaar om weg te duiken als er onraad is.

Het geluid van gierende autobanden achter haar. Merel verstopt zich achter een dikke boom en gluurt voorzichtig om de stam heen.

Midden op de weg staat een grote, groene vrachtauto. Merel hoort geschreeuw van mannen en het geratel van ijzeren grendels. Vanachter de auto komen soldaten tevoorschijn, wel twintig of meer. Ze zijn helemaal in het groen en hebben zwarte vegen op hun gezicht. In hun handen dragen ze geweren en er staan helmen op hun hoofd. Maar Merel schrikt nog het meest van de hand-granaten die aan hun riemen bungelen.

De soldaten verspreiden zich rennend over de weg. Sommigen duiken de grote loodsen in, anderen gaan in de richting van het bos. Gelukkig komt er niemand Merels kant uit. Bij de vrachtauto staat een soldaat met erg veel strepen op zijn mouw. Hij praat in net zo'n por-tofoon als de bewaker had.

'Alfa Compagnie op punt Z 6. Over,' zegt hij.

Vanuit één van de schuren klinkt een verschrikkelijke

knal. Uit de grote deur komt rook naarbuiten. De soldaten rennen heen en weer en schreeuwen dingen naar
elkaar. Dan hollen ze allemaal terug naar de soldaat bij
de vrachtauto. Die praat een tijdje tegen hen en wijst ver-
volgens – hij wijst naar de plek waar Merel zit! De soldaten draaien zich om. Met stampende laarzen en getrok-
ken geweren komen ze op Merel af.

Merel gilt, maar niemand lijkt haar te horen. Lijkwit
en bevend staat ze achter haar boom. Plotseling voelt ze
haar been warm worden, van boven naar beneden. Ze
hoeft niet te kijken om te weten dat ze in haar broek
geplast heeft.

De helikopter

Merel kan niet nadenken, ze kan alleen maar rennen. Tussen de bomen en de struiken door, weg van de soldaten. Onderweg scheurt ze haar T-shirt aan een doornstruik. Ze struikelt twee keer over een boomwortel. Takken zwiepen in haar gezicht en haar hart bonst alsof het uit haar lijf wil springen. Maar ze rent door.

Ze rent door tot ze bij de uitkijktoren komt. Daar hijst ze zich de trappen op en laat zich op het hoogste platform vallen. Angstig en hijgend kijkt ze over de rand.

De soldaten zijn een flink stuk achtergebleven. Met hun zware geweren komen ze niet zo snel vooruit als zij. Merel hoort hun stemmen tussen de bomen, maar ze ziet hen nog niet.

Dit is het dus, denkt ze. Dit is wat de bewaker bedoelde. *Als ik jullie hier nog één keer zie, zwaait er wat.* Dat heeft hij gezegd. Maar Merel had nooit gedacht dat hij een heel leger zou sturen!

Het geschreeuw komt steeds dichterbij. Daar zijn de eerste soldaten al, achter het Kruitpaleis. Tussen de struiken hurken ze neer. Eentje rommelt wat aan zijn riem en brengt daarna zijn hand naar zijn mond. Dan strekt hij zijn arm en gooit een klein, rond ding naarbinnen. De soldaten duiken weg.

Heel even is het verschrikkelijk stil tussen de bomen. Merel begrijpt niet wat er gebeurt. Met grote ogen kijkt ze naar beneden.

Dan spuit er vuur uit alle ramen van het Kruitpaleis en meteen daarna klinkt er een verschrikkelijke knal. Merel duikt weg. Stukken hout en ijzer vliegen over haar heen en de toren schudt wild heen en weer. Een scherpe schroeilucht dringt haar neus binnen.

Een handgranaat, denkt Merel. Het was een handgranaat! Als ze weer durft te kijken, is het Kruitpaleis ver-

dwenen. Er staan nog wat verkoolde muurresten en de soldaten sluipen alweer verder, in de richting van de toren.

Tranen van angst stromen over Merels wangen. Hoe kan dit nou, waarom doen ze dit? Ze is toch nog maar een kind? Een meisje, helemaal alleen...

Misschien moet ik schreeuwen, denkt ze. Laat ze me dan maar pakken. Als dat verschrikkelijke geknal maar ophoudt!

Van beneden klinkt het gekraak van de portofoon, maar Merel verstaat niets omdat er alweer een nieuw geluid te horen is. Ergens boven haar komt een helikopter aangevlogen. Het gepokkepokkepok van de rotorbladen klinkt luider en luider en Merel voelt hoe de wind aan haar kleren trekt. Ze draait zich om.

De groene helikopter hangt vlak boven de uitkijktoren, een beetje schuin in de lucht. Merel kan de piloot goed zien zitten. Hij heeft een breed, wit gezicht en staart haar met grote ogen aan. Dan pakt hij een microfoon en begint te praten, terwijl hij tegelijk de helikopter met een wijde boog wegstuurt van de toren.

Merel voelt de kracht uit haar lijf stromen. Opeens is ze moe, ongelooflijk moe. In haar hoofd draaien de beelden en geluiden om elkaar heen, als in een draaimolen op de kermis. Sneller en sneller draaien ze, tot de kleuren samensmelten en zwart worden, dieper en dieper zwart. En van de geluiden blijft niets over dan een dof geruis dat eerst harder wordt en daarna langzaam verdwijnt.

En dan is er plotseling niets meer. Flauwvallen, denkt Merel nog, dit heet flauwvallen en dat heb ik nog nooit gedaan...

De redding

Opa, denkt Merel. Dat is gek, ik zie opa. En Melle is er ook. Wat doen die hier nou?

'Meisje,' zegt een bekende stem.

En nu hoor ik opa ook nog, denkt Merel. Wat doet opa op de uitkijktoren? Hoe is hij in het bos terechtgekomen? Heeft Melle ons geheim verraden?

Een soldaat met een grote zwarte bril buigt zich over haar heen. Hij legt de rug van zijn hand op haar voorhoofd.

'Hoor je me, Merel?' vraagt hij.

Merel knikt. Wat wil die soldaat van haar? Is ze gevangengenomen? En wat hebben Melle en opa daarmee te maken?

'Kom eens zitten,' zegt de soldaat vriendelijk. Hij trekt haar voorzichtig overeind en zet een glas water tegen haar lippen.

Merel drinkt. Het water is koud, ze wordt er wakker van. Nu ziet ze waar ze is: in een dokterskamer, een kleine behandelkamer die naar benzine ruikt. De soldaat is ook een dokter, dat ziet ze aan het rode kruis op zijn mouw. Opa en Melle staan schuin achter hem. Ze kijken heel bezorgd.

'Dag,' zegt Merel flauwtjes.

'Och meidje, wat heb je ons laten schrikken,' zegt opa. 'Gaat het weer een beetje?'

Merel knikt.

'U kunt haar wel meenemen,' zegt de soldaat die dokter is. 'Ik geloof niet dat ze er iets lichamelijks aan overhoudt.'

Opa geeft Merel een hand en helpt haar van de behandeltafel af. Langzaam schuifelt ze naar de deur. Ze moet een trapje af naar de straat. De behandelkamer staat op wielen! Hij is achter in een vrachtauto gebouwd.

'Daarom ruikt het naar benzine,' mompelt Merel.

De dokter lacht.

'Dit is een mobiele dokterspost van het Korps Mariniers,' zegt hij. 'En wat het Korps Mariniers is, heb je in het bos wel gemerkt.'

'Ze wilden me pakken,' zegt Merel.

Meteen voelt ze die grote angst weer, de radeloze paniek.

Opa slaat een arm om haar schouders.

'Welnee,' zegt hij. 'Natuurlijk niet. Het was allemaal toeval, dom toeval. Kom, dan krijg je wat limonade.'

Nu ziet Merel pas dat ze voor opa's huis staat. De vrachtauto van het Korps Mariniers heeft haar thuisgebracht! Opa bedankt de dokter en met zijn drieën lopen ze het tuinpad op.

'Was het heel eng?' vraagt Melle zacht.

Merel knikt.

'Ik dacht dat ze me gingen pakken.'

'Dat hebben ze ook gedaan,' zegt opa. 'En net op tijd gelukkig. Wist je dat ze de toren ook wilden opblazen?'

Merel huivert. Ze denkt aan de resten van het Kruitpaleis na de ontploffing. Wat zou er met haar gebeurd zijn als ze een handgranaat op de toren hadden gegooid? Ze schudt de gedachte van zich af.

'Maar waarom dan?' vraagt Merel.

'Het was een oefening,' zegt opa. 'Het leger gebruikt heel vaak lege gebouwen en terreinen om te oefenen. Daar kunnen ze geen kwaad, want er is niemand in de buurt. Maar ja, als er kleine meisjes over het hek springen...'

'Hoe weten jullie dat?' vraagt Merel.

Opa opent de huisdeur en loopt meteen door naar de keuken.

'Ga maar aan de tafel zitten,' zegt hij. 'Ik maak wat ranja.'

'Dat vertelde de buurvrouw,' zegt Melle. 'We waren aan het vissen en toen hoorden we opeens die knal. Ik schrok me dood. Opa zei dat het geen kwaad kon, het was gewoon een legeroefening. Ik vroeg waar dat dan was, en toen zei opa: "In de oude kruitfabriek," en toen schrok ik nog veel erger, want ik wist dat jij daar was.'

'Heb je het aan opa verteld?' vraagt Merel.

'Ja, natuurlijk! Wat dacht jij dan? We zijn meteen naar het gat in het hek gerend, maar dat was dicht. En toen vroeg die buurvrouw of we soms een klein meisje zochten. En ze vertelde dat jij over het hek gesprongen was. Vanaf haar schuurtje.'

Melle glimlacht even.

'Best dapper van je. Het is een hoge schuur.'

'Niks dapper,' zegt opa terwijl hij twee glazen limonade neerzet. 'Stom! Ongelooflijk stom! Ik had het jullie verboden. Dacht je soms dat ik een grapje maakte?'

'Nee,' zegt Merel.

Ze voelt dat ze een rood hoofd krijgt. Snel neemt ze een paar grote slokken limonade.

'De buurvrouw heeft meteen de beheerder van het terrein gebeld om te zeggen dat de oefening moest stoppen,' vertelt opa. 'Melle en ik zijn naar de poort gegaan. We waren doodsbang, vooral toen we weer een ontploffing hoorden.'

'Dat was het Kruitpaleis,' zegt Merel. 'Ze hebben er een handgranaat in gegooid.'

'Is het stuk?' vraagt Melle.

'Helemaal weg,' knikt Merel. 'In één klap.'

'En de toren was het volgende doel,' zegt opa. 'Toen we bij de commandant van de mariniers kwamen, had hij net gehoord dat je gevonden was. Een helikopterpiloot had je op de toren zien liggen.'

'Ik heb hem gezien,' zegt Merel. 'Hij was dik. Daarna viel ik flauw.'

'De mariniers hebben je naar beneden gehaald en bij de dokter gebracht. En de rest weet je. Je hebt ontzettend veel geluk gehad, we waren net op tijd.'

Geluk? denkt Merel, heb ik geluk gehad? Ik ben nog nooit van mijn leven zo verschrikkelijk bang geweest... Maar ik leef nog wel. Dat bedoelt opa natuurlijk.

'Maar wat ik niet begrijp,' gaat opa verder, 'is waarom je teruggegaan bent. Wat was er zo belangrijk?'

Merel kijkt naar Melle. Moet ik het vertellen? denkt ze. Mag opa het weten, van de briefjes?

Ja, besluit ze dan, ja. Opa mag het weten. Hij is ook heel erg bang geweest, dat heeft hij verteld. Nu hoort hij ook bij het geheim.

'We hadden daar iets gevonden,' zegt Merel. 'In de grond. Toen de bewaker kwam, heb ik het snel weer verstopt. Omdat het een geheim was. Maar ik wilde het wel hebben. Daarom ben ik teruggegaan.'

'En wat was dat dan?' vraagt opa.

'Ik zal het je laten zien,' zegt Merel.

Ze staat op en steekt haar hand in haar broekzak. Die is leeg. De andere zak dan... Ook leeg. En in haar kontzakken zit niets, anders had ze het wel gevoeld toen ze op de stoel ging zitten...

Het blikje met de briefjes is weg!

De liefde

'Waar had je ze dan?' vraagt Melle.

'Gewoon, in het blikje,' zegt Merel. 'In mijn zak.'

'Maar wat was het toch?' vraagt opa.

Merel vertelt van de briefjes en wat erop stond. 'Ik vond ze mooi,' zegt ze. 'En ik wist dat ze belangrijk waren.'

'Mooi is altijd belangrijk,' zegt opa peinzend. 'Ze zijn vast uit je zak gegleden toen je op de toren klom. Of toen je vluchtte tussen de bomen.'

Vanuit het bos klinkt een enorme knal. Merel schrikt ervan. Heel even denkt ze dat ze weer op de toren ligt... Ze neemt nog wat limonade.

'Ze zijn weer begonnen met de oefening,' zegt opa. 'Ik denk niet dat je dat blikje ooit nog terugvindt...'

Merel moet bijna huilen. Ze heeft zoveel moeite voor de briefjes gedaan, ze had zelfs wel dood kunnen zijn! En nu is alles voor niks geweest.

'Niets aan te doen,' zegt opa. 'Vertel het straks maar aan je ouders. Die vinden het vast een mooi verhaal. Ah, daar zal je hen hebben!'

Iemand heeft aangebeld. Opa loopt de gang in om open te doen. Maar als hij terugkomt, is hij alleen. Hij houdt een hand op zijn rug.

'Het was een marinier,' zegt hij. 'Hij kwam iets brengen wat je verloren bent.'

Opa strekt zijn hand uit. Het is het blikje! Nog helemaal heel – of nou ja, niet erger stuk dan het al was.

'Ze hebben het gevonden!' roept Merel. Er klinkt alweer een knal vanuit het bos, maar nu schrikt ze er niet meer van. Ze vindt het op vuurwerk lijken. Feestvuurwerk.

De briefjes liggen op tafel uitgespreid. Opa leest ze één voor één, een glimlach om zijn mond. Merel leest ook. Melle speelt op zijn gameboy.

'Wie zouden dat zijn, die Eekhoorn en die Wasbeer?' vraagt Merel.

'Ik heb geen idee,' zegt opa. 'Twee kinderen die vroeger hier in de buurt gewoond hebben, lijkt me. Een jaar of twintig, vijfentwintig geleden. Eens denken, wie had je hier toen allemaal…'

Merel probeert het uit te rekenen. Vijfentwintig jaar geleden, toen was papa… Vijftien!

'Papa woonde nog hier,' fluistert ze.

Haar adem stokt in haar keel. Kan het waar zijn? Zou het kunnen?

'Opa, was papa toen al met mama?'

'Wat?' vraagt opa. 'O, nee. Of jawel, dat heeft hij later wel eens verteld. Ze waren al heel jong samen, geloof ik. Oma en ik wisten dat niet. We hadden het ook nooit goed gevonden. Zo jong… Het waren andere tijden, hè. Nu zou je het weer anders doen. Ja, ik geloof dat ze toen al samen waren. Ze hadden een geheim plekje waar ze elkaar zagen. Maar ik weet niet waar dat was…'

'Ik wel,' mompelt Merel.

Opa loopt met de lege limonadeglazen naar de keuken.
Merel stoot Melle aan.

'Ik weet wie het zijn,' zegt ze.

'Kijk nou wat je doet!' roept Melle boos. 'Nou ben ik dood!'

'Wasbeer en Eekhoorn. Ik weet wie het zijn!'

Er stopt een rode auto voor het huis.

'Daar zijn ze!' roept Merel.

'Wasbeer en Eekhoorn?' vraagt opa vanuit de gang.

'Ja,' lacht Merel, 'Wasbeer en Eekhoorn. Papa en mama.'

'Wat?' vraagt Melle.

Merel rent naar de deur en trekt die open. Papa en mama lopen het tuinpad op, de armen om elkaars middel. Mama heeft haar hoofd op papa's schouder gelegd. Zo gauw Merel dat ziet, weet ze het helemaal zeker.

Papa en mama. Wasbeer en Eekhoorn. Ze hadden de briefjes verstopt, want opa was altijd zo streng. Papa moest alles stiekem doen, dat heeft hij door de telefoon verteld. Het Kruitpaleis was hun geheime plekje!

'Ze zijn het echt!' gilt Merel naar Melle.

'Dat zie ik ook wel,' bromt Melle.

Hij kijkt niet op, hij is aan zijn volgende leven begonnen.

'Luister nou eens een keertje, sukkel!' gilt Merel weer. 'Papa en mama hebben die briefjes geschreven! Toen papa nog hier woonde! Toen ze nog niet getrouwd waren! Wasbeer en Eekhoorn!'

'Hoe weet jij dat?' vragen papa en mama tegelijk.

Merel draait zich om en laat zich knuffelen. En dan moet ze vertellen, twee hele potten thee lang.

Er zijn geen geheimen meer.

Eekhoorn

De jongen en het meisje zitten dicht tegen elkaar aan voor hun paleis in het gras. Het licht van de ondergaande zon speelt verstoppertje tussen de bladeren.

'Misschien krijgen we wel kinderen ook,' zegt het meisje.

'Misschien,' zegt de jongen.

'Wat zou jij willen?'

'Hoe bedoel je?'

'Een jongen of een meisje?'

De jongen denkt een tijdje na.

'Dat maakt me niet uit,' zegt hij dan.

'Ik weet het wel,' zegt het meisje. 'Ik wil er twee. Een tweeling.'

'Meisjes?'

'Nee, een jongen en een meisje. Een dappere tweeling.'

De jongen lacht.

'Wat een fantasie, Eekhoorntje. Heb je soms al namen bedacht ook?'

Het meisje sluit haar ogen en luistert naar een eenzame vogel in het bos.

'Merel,' fluistert ze. 'Het meisje moet Merel heten.'

'Dan wordt de jongen Melle. Dat past mooi bij elkaar. Melle en Merel.'

'Merel en Melle,' zegt het meisje.

De zon is verdwenen achter de bomen. Vanuit de grond klimt de nachtkou omhoog. De jongen staat op. Hij glimlacht tegen het meisje en steekt zijn hand uit.

'Kom,' zegt de jongen.

Het geheim van Hans Kuyper

Een boek begint altijd met een idee, een krantenknipsel, of een stukje van de wereld waar ik een bijzonder gevoel bij krijg. Zo gaat dit boek over het Hembrugterrein in Zaandam, aan de oever van het Noordzeekanaal.

Vroeger stond daar een fabriek die het *Staatsbedrijf der Artillerie-Inrichtingen* heette. Daar werden echt bommen en kogels gemaakt. Nu staan alle fabriekshallen leeg, precies zoals in dit boek. Ik heb er een hele dag rondgelopen. Het is een mysterieuze plek.

Op die wandeling kwam ik een officier van het Korps Mariniers tegen. Hij kwam kijken of er een oefening op het terrein gehouden kon worden.

De bewaker vertelde me dat er nog wel eens kinderen over de hekken klommen...

De dingen zijn zoals ze zijn. En misschien is dat wel het échte geheim: kijk goed naar de dingen om je heen. Ook al lijken ze nog zo gewoon en alledaags, er zit altijd wel een verhaal in. Er bestaat geen Groot Geheim, maar er zijn wel een miljoen kleine geheimen.

Nu heb ik het verklapt!

Pssst...

Wie heeft de geheim-schrijfwedstrijd gewonnen?
Hoe heet het nieuwste boek?

Met de GEHEIM-nieuwsmail weet jij alles als eerste.

Meld je aan op www.geheimvan.nl

Op de website www.geheimvan.nl kun je:
- meedoen met de schrijfwedstrijd
- schrijftips krijgen van Rindert Kromhout
- alles te weten komen over de GEHEIM-boeken
- je opgeven voor de GEHEIM-nieuwsmail